# 消えてしまった葉

ใบไม้ที่หายไป

จิระนันท์ พิตรปรีชา

チラナン・ピットプリーチャー
四方田犬彦　櫻田智恵　訳

港の人

ใบไม้ที่หายไป *Bai Mai Thi Hai Pai*

# 消えてしまった葉　目次

# 消えてしまった葉

わが詩作の最後の師
ファイ・マイファー氏に

1

夢には美しい虹が現われたためしがない
焦げつく憂鬱を忘れ　歓喜した日もない
誰かさんの甘い言葉などいらない
ゴマカシの価値など欲しくない

# つかのまの思い

水の輝ける噴出　わたしは膝を崩し横たわる
神話の熱が草かげに覗く
眼の側では　蟻が踊るように進んでいる
里芋の葉から水が滑り落ちる

蜻蛉《とんぼ》が石に舞い降りる　虹の頂が石の光沢に映える
蝶は得意そうに風に舞う　絹の布のようだ
可羞《はずか》しがり屋のヤスデがようやく出てきた
栗鼠が桃をつかみ　ぽとりと落とす

わたしは軀を傾ける　大地に膝枕だ
ものいいたげな水に　空の影が映る

自然は描いてみせる
いつもながら　廻るたびに揺れる世界

ぼんやりと広い広い空を眺めよう
虹の眉　日蝕の眼　陽の立ち込める
三日月形の雲の破顔　オレンジ色の太陽
颪の掌が頬をそっと包み　ふいに微笑む

水に映る影のわたしと　眼を合わせてみよう
水が心に潤いを流しこんでくれる　夢を見ているかのように
澄んだ水が陽光に煌めく
魂がはるか遠く　天を目指して昇っていけるように

わたしたちは今　澄みきった世界を見ている
幼気なる者の　頑なさを知らない心で
世界のすべてが　いつでも幸福の手助けをしてくれる

明日がどうなるか　知るすべもなく

ゴールデンシャワーの樹の下にて。２５１３年５月。

# 安らぎの世界

呪いはどのように送られてくるのか
紅蓮はなぜ拡がり　生命はなぜ滅ぼされるのか
大地は血に塗《まみ》れ　空は血で眼を濡らす
心は悲嘆に陥り　陰鬱な歌がいつまでも続く

渦を巻いて　ついに溢れ出す業《カルマ》
欺きの心がとめどなく流れ　天が毀れる
氾濫する雑念　思考と期待は崩れ流される
すべては業に押し流され　塵埃《ごみ》と化す

破廉恥の世界がついに終わるのだ
世の人は　偏私と憤怒をやめる

血がゆっくりと　大地を拭い清める
空は夜明けの「公正」なる群青の美

来たるべき世界には…　過剰も欠乏もない
虚偽　詐欺　憎悪　妄言　悪への過誤も　もう流された
隔ての業の素　罪の残滓から逃れ
不自由な生や　現世の汚穢から離れ

戦争　無秩序　権威が押し寄せてきても
新しい世界は踏みつけて逃げきる
かつては高価な金や勲章も
今では干草の塵同然

洪水の後には　新しい大地が高く聳え立つ
過去の事物はすべて後方に退き
世界は最前線の規範の上に乗る

とはいえ　安らぎの夢の地に「人間」はいない

大学予備門の記念に。２５１３年。

# ゴムの樹の物語

昼下がりの陽が森の縁を撫でる
広々とした原野を覆い
このあたり一帯に強く照りつける
空を焼きつくし　地を押しつぶす

これまでの葉が枝から落ちる
熱風が埃を巻き上げる
土から上る蒸気は陽射しの匂い
蘇る過去に　わたしの心は乱れる

ゴムの樹林の影　灰色の鋭角の寂しさよ
日照りの乾地に映る影よ

最後の一葉がひらりと落ち　径を掠める
葉は熱風に当たって捲れ　別れを告げるかのようだ

…乾いて罅《ひび》の走る赤黒土
眼の前のゴムの樹は　深く根を下ろしている
繰りかえし搾り取られた傷の跡
とめどなく流れる涙

無垢にして新鮮な乳の滴《したた》り
わが身を切り刻んで子に与え　命尽きる母
ゴムの樹よ　傷はあなたの子育ての方便だ
傷の重なりからなる瘡蓋《かさぶた》は　あなたの徳の証し

トラン同郷会の記念誌に。２５１４年。

# 夜の哲学者

闇の黒い手が空を擦りつぶす
星が押しつぶされ　割れるさまは輝きが稲穂のようだ
地平線には赤い縞模様があったが
闇に押され　抗えず　黒く塗りつぶされてしまった

太陽は遠い遠いところまで逃げ
空は暗くなる前に　月を拾い上げて掲げた
煌々とした肌色の光が　美しく空を覆い
星の歌が微かに聴こえてくる

「苦しみに喘ぐすべての人を勇気づけてあげよう
空に輝く　わたしの澄んだ光によって

大地に生きる者たちの心を慰めてあげよう
何人《なんぴと》もが微笑みを取り戻し　心が鎮まるように」

墨を流したような空に　星が散らばっている
空の深淵の奥に重なりあう神秘
多くの流れが作りあげる　淡く澄みきった乳の河
宇宙は人智を超えた大布に覆われている

自然の美しい水流
煌めく星々に大布を被せ　光を撓《たわ》める
星は色褪せ　ゆっくりと消えてゆく
彗星は瞬時に毀れ　跡を留めない

…威厳に満ちた輝きよ　生命を高く掲げるそのさまよ
だって　そうじゃないかしら　憧れたことがあるでしょ
わたしは今夜　彗星が一瞬のうちに消え去るのを見た

怖ろしさに震える心…「星」に生れるのは怖い

『大学生』。２５１５年９月20日。

## 空無

ビルの壁にこびり付いた黝《くす》んだ苔
昔の　古い昔のことを　思い出す
過ぎ去った出来ごとは影のようだ
何もなければ　歳月が経っても綺麗なままだったのに

**生**　ただ前世の償いをしにきただけ
なのに　また新しい借財を作ってしまった
長い間　昔風に魂を誤って使ってきた
わたしはまだ社会の業を信じていた

**老**　成長に応じて利子が増えて行き　逃れられない
自分のなかで自信と勇気が消えていく

夢と憧れは見えるかどうか　はるか彼方の境界の上
夢破れれば　低劣な価値が残るだけ

痛　軽蔑と手をとりあって　閾を越えて深く侵入してくる
「古い世代」が終るとき　痛みは嘲り笑う
「新しい世代」がただちに駈けつけてくる
いいわけばかりの毎日は　痛みをもたらすばかり

死　少しずつわたしに触れてくる　静かに
そっと冷たい手で　まるで馬鹿にするかのように
怖れの表情は隠れていて見えない
狭い路地の昏いあたりを眺めていると……思い出す

わたしはここまでやって来た　誰もが見ている
困りはてている生命が　今ここにある
わたしの掌にあるのは　空無だけ

結局　もとの場所に戻っただけなのだ

『知識の本』。２５１５年５月。

# ついにボンヤリ

新しく来る者の内側には疑問が織り込まれている
まだ混乱していて　とりとめもない疑問
永遠に苦しむ魂
喧嘩を売られ　粉々となったわたし

大学での最初の一歩
たぶんたくさんの意味が違っている
夢と相いれない…危ないぞ
大学って実は刑務所より狭いところだ

**色**　名誉とか権力は血を好む
人から踏みつけられたなら　憤怒も厭わないぞ

でも　よくよく考えてみると
名誉も権力もときどき黒く見えてくる

大学では自分の考えを身につけようと努力したつもり
なのに　たった二歩目で間違えた
大勢の人は首席になろうとし
値打ちものの学位を狙っているばかり

「お偉方」の知の広場では
首席とはキラキラ光る勝利の旗だ
舞台中央にある黒い汚れは　消えたも同然
お客の嘘やごまかしで擦《こす》り上げられ

新しく来る者の内側にある疑問はこうして消えてしまう
進む径は遠い　友だちはどこ　焦ってみても
返答がない…もう疑問なんてやめだ

どうせ「明日」になると社会の雑踏に消えちゃうのだから

『知識の本』。2515年8月

# 目標

来たるべき信仰の束縛
それは昔　憧れた夢
博打　自惚れ　故意の遊戯に
生命の自尊心を置いたこと

夢には美しい虹が現われたためしがない
焦げつく憂鬱を忘れ　歓喜した日もない
誰かさんの甘い言葉などいらない
ゴマカシの価値など欲しくない

今の世界では存在の知を認めなくては
心を悩ますのは苦悶の怒りと憎しみ

この社会では勇気は汚点だ
誠意だって風に漂い　定義のしようがない

運を探求する　世界観　実直さ
ふたつの掌で目標を定め　問題の糸を解く
幼子の気持ちを心に抱けば
世界が知る悲哀は色褪せ　擦れ消えていく

隙間を擦って消す　隙間とは階級の違い
もししかるべき制度があるのなら
天秤の均衡は中点で定まるはずだ
争い続けた勝負《ばくち》ごとだって　ひと汗かけば終わる

そして自由の詩《うた》が唱えられる
若者の新しい生命の始まりに向かって
時代をともにし　優れた頭脳で長い行程を見据えるのだ

未来の白い線に挑むかのように

(これは少しも空想ではない
すみやかに目的に達するには　固執をやめよう
勇気があるかぎり待つ――　勇敢な者を　解決に手を貸してくれる者を
盲信なのか　正しいことなのか　試してみるのだ)

チュラーロンコーン大学　女子大生集会にて。2515年。

## 2

花には鋭い棘がある
花は人に褒められようとして綻《ほころ》びるのではない
大地の富を蓄えるため　咲いてみせる
大地をよりよきものとするために！

# 花が咲く

花が　花が咲く
純粋さと勇気が　心の内側で咲き誇る
白一色　若い娘は祈る
心に解決　勇気の輝き
知ることを学ぶ　幻影《マーヤー》とは戦いやめず
かなた前方に未来　民衆を探しに行くのだ
生命　自己を犠牲にしていい
人々の先行きのため　当惑を潜り抜ける
花の開花は　軽薄とは無縁
ゆるやかであっても　留まることはない
ここに　いや　あちらこちらに
幸運な花は　民衆にさしだされ

『芽生え』(チュラーロンコーン大学の新しい学生の本)のために。2516年。

# 砂の墳墓

まっすぐな道が続く　ピンと伸びた白い線
陽光に強く照りつけられた細かな砂
砂埃のなかにピカピカと光る黄金の大地
太陽はすべての海の砂を照らし出す
力なく衰え　さまよい歩く人　ザラザラの肌
目標を探して　迷いながら歩き続ける人
期待とは白く長い地平線　挑むのだ
でも　期待は辿り着く前に暑さで溶けてしまい
ひどく美しい緑の海になる　とても暑いさなかに
くっきりと浮かび上がる　夢のなかと同じほどに澄んだ水
瀕死の人が水を探そうと歩く　何かによじ登るかのよう
幻影は次の瞬間　消えてしまうというのに

海の砂は風に晒され　ザラザラだ
旧世界の一日——愚かな、どうでもいい一日
探す人は動揺する
衰えて死を待っている　水を待っている

2516年6月。

# 若い水牛が消えた話

これからお話をします
貧しい水牛の群れのお話
戦いに敗れ　あまりに長く
狭い檻に入れられたので　心が朽ちてしまった

餌を与えられ　食べるだけ
水牛は馬鹿だと叱られる
何も誰のことも知らなくて　騙されてばかり
四本の肢と輝く純朴な眼が　水田を梳く

水牛がいるからには　その上に人がいる
真面目な水牛さんが水牛を操る

餌をあげるんだから　逆らっちゃいけない　と甘言で釣る
手向かったら――銃で撃つまでよ

俺だって水牛よ…
騙されるまま　目の前の常識とやらに従い
でも　自分の血が地面に滴り落ちたっけ
角が人間様に当たったとかで

今日　俺はとうとう我慢できなくなった
あいつの言葉など　もう信じたくない
肩の軛《くびき》は毎日重くなるばかり　耐えられない
鼻輪だって外《はず》して捨ててしまいたい

「角が尖っていても　銃剣とでは勝負にならない」
俺は我慢して　座りながら話を聴いている
一本道、でもこれしかないのかよお

自由になるには　銃で撃たれるしかないのかよお

『大学生』２５１６年７月。

## 火＝霊、仕事＝生命

海　山　灰色の空
小鳥が希望を伝えに飛んでくる
第二天から種を携え
田畑に播きにきたのだ

誇らしげな態度は挑むかのようだ
風にも波にも逃げず　無理をして抗う
ふたつの羽は守ろうとする　空が崩れないために
崩れて民衆を埋め尽くさないために

鳥の声は絶え間なく響きわたる
声は重く突き刺さり　後にまで耳に残る

貧しい者の涙とていつしか消えていく
声は悪を呪い　辱める

勇ましい　勇ましいぞ
眼の前に砦がくっきりと現われる
近寄りがたい立派な砦を次々になぎ倒し
束縛から自由になれ

小鳥は真理が立ち上がる夢を見る
世界がかけがえのない美しい微笑で満ちあふれる日
人は逮捕されようとも蘇り　こちら側へと戻ってくる
真理を休みなく響かせよう　空に　崖に　地に　星に

明日は明日だ…
寒さに萎れ　羽を窄めている小鳥よ
おまえは溜息をつき　夢の輝きを諦めることを受け入れる

悶える身を　ぐったりと休めている

『哲学研究』16号（チュラーロンコーン大学哲学科）。

# 若者の意志

眼の前にいる若い女　あどけなく　清純で
白い飾りものをゆるやかに纏い
瞳のなかに煌めく星
希望　舞い上がる花よ

きみは夢見る物語を読んで
不思議に思う　正義の価値はどこにいった
誰が正義のために戦うのか
真実を知ろうとして　一歩進み出る（物語にもとづいて）

彼は若い男
情熱と勇気をもち　意味を索めている

男は戦いをやめないと信じ
世界の暗い危険に挑む

できるかぎり大声で叫べ
悪を争い　悪に抗するのだ
若い男は恐怖の逆をゆく
納得のいく価値を見つけようと

若い男と若い女
手をとりあって　どこへ行く？
道に迷うばかり　行き場所がない
それとも　空を翔ける橋でも作ろうというわけ？

…答えはこうだ
（与えられた人生だ　問題は解けるはず
戦わなくては　挑戦しなくては

眼の前に何があろうと　怖がらずに)

『大学生』。２５１６年12月。

# 花の誇り

女には二本の手がある
螺旋に巻いた靭帯で
本質をしっかりと握るのが手の任務《つとめ》
絹布で人を惑わすことではない

女には二本の肢がある
憧れを標的にして攀《よ》じ登るため
一歩も退かずに　ともに戦うための肢
誰か人の力を恃《たの》むことではない

女には眼がある
新しい生命を探し求めるため

世界を広く　遠くまで見究めるための眼
上目づかいで人を誘惑するためではない

女には心がある
揺れ動くことのない燭《ともしび》
しかるべき力を纏めあげる心
すべて　あなただって　人間なのだ

女には生命がある
間違った結果を洗い流そう
それこそ自由なる者の価値
情欲を膨らませることではない

花には鋭い棘がある
花は人に褒められようとして綻《ほころ》びるのではない
大地の富を蓄えるため　咲いてみせる

大地をよりよきものとするために！

『民主主義』。2516年11月4日。

3

**わたしたち**　出会った
意味に充ちた無限の安らぎのなかで
しっかと手を握りあった
花は開く　微笑みながら

# 山中の想い

　消息遣はされり　友みな別れたるに
敬心もて　灰色に煤《くす》む霧の日々をぞ記さむ
靄来たれり　花咲きし樹を　靄の襲ひたるを
　山の頂　濃紺の気が空を覆う
わたしは草叢《くさむら》に寝転がり　散らばった星々を集める
心のうちにゆっくりと満ちてくる　美しい詩の霊感
すべての民衆を心の底から讃えよう
　過去の歳月は一夜の目覚めと同じだ
新たに創造された生命の感動
わたしはタイ人だ　自分を取り戻そう
理想の社会を作ろうという夢
　あのころは愚かで思慮を欠いていた

甘い言葉に惑わされる　盲目の少女
日照りに苦しむ作男など美しくないと　眼を逸らしてきた
眼を見開けば見えるはずなのに　貧苦に無感動だった
　顔をもたげ　軽やかに笑っていた期待の時
自分に計り知れぬ価値があると空想していた
スターのように派手な女　スターに見合った社交界
大学で学んだのは　気取って歩いてみせること
　何かを感じるようになったのは　人に教え出してからだ
不思議な感じ　意味を問い糺《ただ》すこと
社会には苦しみ　涙を流し　汗を滴らせている人が
大勢いるというのに　誰も彼らに一瞥すら投げかけない
　これまでの人生はゴミだ
流れに任せて　毀れるのを待っているだけ
恥だ　自分が変わるために努力しよう
自分を支えるための課題　それは社会を改善することだ
　過ぎた路を　迷いつつ探し求める

魂は崩れ混ざりあって　見分けがつかない
さまざまな方向に首を突っ込んでみた
だけど　小川に映る影を求めるようなものだった
　深い川の水を掬うことはまったく違う
傷つけられた　あらゆる人々を救うのだ
タイに自由と主権を取り戻そうと　望みを抱いたが
叫びを殺して耐えるだけなら　あとは死ぬのを待つばかりではないか
　話しあいという　平和的手段に訴えても
反応がない　遠く離れた者に声は届いているのか
抗議をすればするほど衝突となる　危険だ
民衆を欺き　いっこうに嫌がらせをやめない軍
　けして揺らぐことなき事実についてのみ書き記してみた
閉じ込められ　煮詰められた心は　憤りを覚える
一人、また一人と　友が血を流して倒れていくさまを眺める
眺めていてどうなるというのか……そう！　道は一つしかない　森だ
　飾り物は捨てることにした

思い出は忘れた　過去を顧みることもやめた
立ち位置は逆転し　鎌をしっかりと握る
くたくたに疲れ果て　粘りつくわが心　その新しい拠りどころに握る
　心に決めた　手遅れになる前に
この大都市を出るんだ　目標は遠くの山々だ
稚《おさ》なげな心に　抵抗の信念が蘇ってくる
馬鹿だなんていわせない　もう道は半分まで来た
　細い指が　荒れて割れた指へと変わる
新しい建物の基礎工事の手伝いだ
銃を撃つのももはや怖れじ　心は溌剌
わたしは軀《からだ》を伸ばし道路になる　その上を踏んでおゆき
　生れたばかりの生命について書く日々……
なにもかもが変わった　緊張を解き　軀を大きく展げる
花は眩いばかりの白さ　森は溌剌とした万緑
生れたあと　白昼は暑くなり　日照りとなった
　わたしは知りたかったのだ　困難の味を

わたしは知った　生活を　抑圧に耐えている者の生活を
締めつけられ、強いられ、削り落とされ、殺されてしまうこと
そのどの一つとして　怖すぎて詩に書けない
　　忘れてはならぬ　学ぶべき教訓
忘れてはならぬ　至高の価値の喩え
滴る汗のすべて　暮らしの全面にわたって
原木を枕に　地べたで眠り　土から直に引き抜いた野菜を食べる
　　古服がぼろぼろになり　面白いデザインになった
渓谷で水を浴び　バナナを育て　瓜の蔓が伸びて絡みあう
脱穀を学んだあとは　竹や籐の編み仕事
鶏と豚を飼えば　食糧はもうそれで充分
　　山頂の民は誰もが先生を待っていた
悦びのあまり勇み足で　住むための小屋を建てた
読み書きのために学校を開いた　遠い未来のため
生徒は毎日やってくる　当てにできる
　　密林での仕事は心躍るとはいえ　大変だ

思い出しても癪に障り　憤ることもあった
心を正し　なすべきことをおさらいするとき
あどけない幼子は　愚かな大人を真似てはならない
　新しい責務　森に潜んでいると
活気に満ちたときもあれば　ひどく辛いときもある
喉元から込みあがってくる言葉をぐっと堪《こら》える　けれども運命たる生命は
風雨に逆らって　挑むためにここにやって来た　名誉にかけて戦うのだ
（真直ぐな道が二つに分かれている　インテリ仕事と土仕事
人が倒れた跡だけだ　だから身を起こし　励まし　教えようとする
一日もすれば自分との辛い戦いとなるはず　いつかきっと
排除して進む、新しい自分になる）
　心は遠くへ伸びてゆく　森の外へ
目覚めた夢の濃厚さを蒸溜する
人間の価値を信じる途上で
眼に映る自分と眼を合わせる　昨日よりしっかりと
　ピカリと光る星　期待の光

河の両岸　見上げると　高く聳える山が揺れている
警備の時間だ　夜警に立つと
星たちに告げよ　望郷の念を家郷へ送り届けたまえ
　生命　森に谺《こだま》しているのは詩
親しい友には　写真の代りに詩を届けよう
心のうちをしっかりと説明できるよう
詩は満ち溢れ　わたしをどこまでも連れていく
　一番明るい　あの最後の星　もう夜明けなのだ
キラキラとした滴《しずく》　草叢は空と見分けがつかない
山はひっそりとして　まだ起き上がる気配もない
ただ　わたしの眼だけが　一晩中起きていた
　心を制して　備忘の詩を記す
心と心のつながりはまだ途切れてはいない
森で鶏が鳴く　もうすぐ精霊が到来すると告げる
わたしは任務を待っている　任務はまだまだ続く
　花を摘み　針を通して結いていくのは　森の哀しみ

花々の間　詩があたり一面に零れていく
最愛の人からの　夢の贈りもの
道は遠い　わたしたちの絆を妨げる者はいまい

ローングラー山。２５１９年。

## 青春　森の詩のごとし

わたしたち　出会った
意味に充ちた無限の安らぎのなかで
しっかと手を握りあった
花は開く　微笑みながら

来る　細い谷間の水をともに飲み
あまやかに美しく実る稲穂を眺める
一日が過ぎ　疲れはてて横たわると
口にする詩が大気に拡がっていく

あなたの手は　無理もない　労苦で荒れた
強い日に焼けた皮膚は　焦げたように硬い

青春の新しい生活を学ぶ　わたしはそれを
社会変革の望みとともに　選び取った

恨み　十月には支配者が命令を下したが
新世代には社会に飛びかかるだけ力がある
戦力をともにせん　森でも苦しみと悲しみに挑もう
治りかけた心の傷を隠すことはすまい

…情熱に燃える若い男女の眼差しに出会った
内に秘められた　あらゆる期待
ジャングルの詩は力衰えることがない
敵にとっては邪悪で恐ろしい　呪いの音声

森の花が開く　柔らかく　人を迎えいれる
銃を手に　救国の志士たちの
驚くほどに長い列

来るならいらっしゃい……蒸し米はまだ温かいよ

ローングラー山の学生旅団を歓迎して。２５２０年末。

# 部隊の休息

リュックが肩に重い
ずっと前から運んできた
岩間の心地よさ
溜息の震えた響き
深淵に冷たく横たわる静寂
小さな声で詩人の言葉を呟いてみる
歩き旅では　葉群れが揺れ
岩間を越え　谷川を渡り
銃声は憤怒の言葉
故郷の火が燃え拡がる
泥土に埋まる足
足跡は生命ある者の徴《しるし》

岩間にリュックを降ろす
肩に残る痛みが告げる
月光の下　大地に触れる
夜に包まれ　風に揺れ
逆上《こみあ》げてくる気持ち
遠い山から託された報せを
太陽がきらりと覗く
名もなき森をゆく
人声は叫びの言葉
戦いが分刻みで忍びよる
足跡を一つひとつ数える
努力の数々を学び知る

身の回りの整理

大切なものだけで充分
　いろいろな種を選ぶ
通り道に播くためだ
　森の道　荒れた草叢を越え
部隊はときどき休憩をとる
　輝く星が空に充てるとき
竹林では休みがとれる
　岩に滴る水を飲み
ミズワラビの小さな束
　三脚の石を並べると
鍋を置いて時間を待つ
　疲れたら眠ろうよ
眠る友よ　わたしは銃をとる

邪魔なものは捨てる
生活に必要なものだけ
色がよく　しっかりした種を
長い道の路肩に
蛇行し寒暖の差に疲弊する
渓流の淵では水に戯れ
隊員たちは足を伸ばして一服だ
ハンモックを並べ　寝る準備
松明を頼りに蛙や蝦、貝を採る
品定めをして茸を摘みとる
俯いて火を吹き　米を焚く支度
これで一晩中　お腹は大丈夫だ
力が抜けたら　休んで回復
危険を忘れず　外へ出る　夜警だ

キーパオ山からミヤン山の道中にて。２５２０年。

## 記念塔

1

精緻に研磨された記念塔
彫琢はみごとに美しく　永久に残る
堅固にして悠久の時に聳え
不滅

2

掘り出されたままの翡翠　ダイヤモンド　象牙
ルビー　宝珠　琥珀の飾りもの
選ばれ　求められた
ものの数々

3

芸術の傑作を創るに長けた
一流職人が精密に建てたというわけではない

巨大にして荘重な
　不思議

4

石と青銅がなしえた至高の頂
神々の王たちが到達したもの
取り壊され　平らに切り崩され　倒れる
大音響

5

ここにあるのは勇敢な民衆の記念塔だけ
今でも崩れず　堂々と立っている
この世界に寄り添う
大地に

6

幾重もの生命と血が土に重なり
組み立てられて　時代の芸術となるのだ
心の中央に高く聳え

美しく

7

塔に詩を彫りつける　信仰に心あふれ
工場と水田から湧き上がる　詩の賛美
生命を活気づけ　鼓舞する
生命の苦悶

8

われわれの血を記念塔の礎に擦りつける
生命を犠牲に差し出した人が蘇る
血の色は輝かしい赤
誓いのようだ

9

愛する友よ…礼拝の器を受け取ってほしい
心から彫りつけたこの器を
そう　心から!!

コーン河東岸にて。2521年10月。

# 心を家に送る

　鶏よ　野の鳥よ　　　　　　鳴き声が家中に響く
朝まだき鳴く声で　　　　　戦いに目醒める
　田でもゴム樹林でも　　　鳴き声が聴こえる
俺の胸うちに　　　　　　　燃え上がる怒りよ
　銃をとれ　鍬を握れ　　　同じ森のなかで
もう他人をあてにすまい　　戦うのは俺たち…俺だ
なあ　野の鳥よ…

　俺にはみんなわかってる　何でも聞いてくれ
南の地では爺さんの代から戦ってきたんだ　まあ聞いてくれ
よってたかって苛められたとしても　もう怖いものはない

火は火だよ　手でつかんで消してやるぜ
　俺らのやり方には　誇りがある
さんざん踏みつけられて泣き寝入りなんて　承知できねえ
やられてばかりだなんて　毎日どうするんだ
もう一度　戦略書を復習だ
　あいつらは何人殺したんだ　穴はいくつ要るんだ
爆弾を放り投げ　人を土管に入れて燃やす　拷問の後
すべてのやり口を記録したメモ
そいつのせいだ　抵抗の勇気が湧き上がる
　戦争の火は風に吹かれ　燃え拡がる
新しい時代のため　暗い時代を越える　怖くはないぞ
兄弟たち　立ち上がろう　銃を掲げよう
怖くなどない　希望が増えていくばかり
　…心を届けてくれよ　故郷を想うこの心
勇気ある人を奮い立たせるこの心を
俺たちの代々の慣《なら》わし　引き継ぐために闘い続けよ

何が何でも力を蓄えるんだ
あらゆる田に　森に　あらゆる場所によろしく伝えよ
　南の地のあらゆるゴム樹林に
あらゆる魚籠《ぺー》のなかの魚に　あらゆる鉱石を守ってくれと
ひとり占めしようとする者がいる
奪い取るのを許してちゃだめだ…
…力がないからといって　自分の未来を売り飛ばしちゃだめだ

ルアンナムターのあたりで。ラオスの地。２５２１年。

# ビンラー

　森の果《はず》れに雨粒が降り　茸が育つ
小鳥ビンラーが雨を避け　木の股に降り立った
突然　張りつめた鳴き声が駆け抜けていく
ビンラーが巣から出てきたのだ　ことを告げる声だ
　…羽ばたき　急降下をするその姿は
卑しい凶弾から　狙撃手から　逃げていくかのようだ
巣から墜ちていくうちに　眼前に見た
ゴム樹林は伐採された　ゴムは血だらけだ
　家や田を越えて飛ぶ鳥　怒りの空の下
崩れた**ナム**が見える　**ワン**が姿を消す
火煙が空を覆い　虹は黒く　一面真暗闇だ
黒い帷幕《カーテン》「赤い土管」に覗く　怒りの焔

玄米を叩く庭　ムンミン
繰り返し撃たれた死体　無言の死体　マイスーレーン
米を炊きあげた釜がひっくり返され　斜めに投げ出された
ゲーンフンプラーはそのまま　食べる人をターしている
　ディープリー、糸瓜《へちま》、瓜、キープラーが
形も留めないまでに痛めつけられ　斬り刻まれている
咲いたばかりの瓜の花が踏みにじられている
ビンラーは鳴きながら飛びまわる
　チンプレーの祀《まつ》りは一年中　続いているの？
プレーやピーガスーが来て食い散らかし　なにもかも奪っていった
人の生き血を啜り　腐肉を漁るのさ
プレーは十月の祭のときまで貪り食う　もう耐えられない
　祭で狂った者の魂鎮めに　ノムバーを捧える
銃声が聴こえてくると　ラーを食べていい合図
蒼白い血に膨らむ死体　土に混ざったポーン
プレーは病みつき　食べれば食べるほど　臓物《なかみ》が出てくるほどローイだ

　ビンラーは嵐を通り抜けるべし
嵐を抜けきってこそ　新しい自分になることができる
たくましい翼　強い肢　強い精神をともない
こうして今日こそ　ビンラーは森の鳥となった
　ナンルンの舞台のタンムアンを決める　ビンラーのこと
ともに戦った名誉をもう一度　蘇らせるため
力を合わせ　自由の家の建設を想い描く
国家のなかに　澄みきった晴空の日を待つ
　雨の最後の一滴が降り終わった　森には
水の流れが聴こえる　ビンラーの鳴き声がまだ聴こえる
太陽が輝く日を待つ
ビンラーは天上の家に帰るのだ

ルアンナムター県。２５１２年。

# 南の言葉の風

ビンラー　シキチョウ
ナム　ゴム樹林のなかの小屋
ワン　太陽
ムンミン　黄昏
マイスーレーン　口にする勇気がない
ター　待つ

ゲンフンプラー　魚の腎臓のスープ

ディープリー　唐辛子

キープラー　緑色の冬瓜

パーホム　南洋ヘクソカズラの樹肉を細かく刻んで、カオヤム（米）のわきに乗せた料理。

チンプレー　先祖の追善供養を行ない功徳を積む習慣で、十月に行われる。三種類の菓子を拵え、一つは神に捧げる。二つ目はバナナの葉で造った容器に入れ、死んだ先祖のために寺院の境内に供える。蠟燭を灯して先祖を呼んでいると、プレーが菓子を食べに来る（バラモンの方式に乗取った施餓鬼の風習である）。この行事が終ると、功徳を積みに来た者たちや寺院の小姓たちが先を争って境内に入り、ばら撒かれているお布施を手にしたり、菓子を奪いあう。いかにも愉しげな光景である。

ノムバー

カノムバーともいう。糯米《もち》の粉をよく混ぜ、平らにして油で揚げたもの。ザラメをつけて食べる。

ラー

カノムペーンともいう。粳米《うるち》で作った薄いパンケーキ。沸々と音を立てる油のなかにペーストを少しずつ垂らし入れ、島のように揚げる。まだ熱いうちに油から取り出し、縁をもって筒型に播いたり三角形に形を整える。冷めて来ると固まってくる。ペーストを油のなかに垂らし入れるときは、揚げると線状になるように細かく入れるのがよい。プレーは針の穴のように細く尖った口をしていると信じられているので、彼が食べることができるように細くしておかなければならない。「ラー」という語は巻き舌を強くして発音してもよく、散らす、ばら撒くといった意味の方言である。熱い油のなかにペーストを笊からポトリポトリと垂らしていくと、線状になって落ちていくからである。

ポーン　糯米を焚いたものを布状に拡げ、日に干す。油で揚げると（日本の粟おこしのように・訳注）膨《ふく》れあがる。カオポーンともいう。

ローイ　美味しい。

ナンルン　牛皮を用いて影絵芝居。

タンムアン　影絵芝居を演じるさいの前口上。「都を立てる」とは、まず仙人が舞台に登場して物語の状況を整えることであり、古い牛皮を用いて作った舞台装置の両端に、向かい合うように神の国と鬼の国を「立てる」。この作業は最初の公演のときに行われる。大がかりな演目であるナンヤイでは神々の顔見世がなされ、それが演目の発表を兼ねているのだが、タンムアンも同じしかたでなされる。

## 稲の母神の微笑み

　腓《ふくらはぎ》の堅い筋　杵を擡《もた》げて振りおろす
杵は搗きに搗く　籾山《もみやま》は窪む
足が動く　堅い　堅いぞ　調子はいいか
いく度も強く　踏みつけろ　トゥクタクトゥプ

　足は動くぞ　迅速に　若い娘の腓
白くも柔くもなく　腰巻端折って　凛々しい姿
足の跳躍　器械を支え　調子は上々
突然停止　杵はバランス崩し　底に落下

　トゥクタクトゥプ！　トゥクタクトゥプ！　休まずに
流れる汗は服の裾で拭っておけ

悦びの微笑がそこに宿る
いつまでも　心の底からこみ上げてくる

　　　誰もが肩を並べて　立ち作業
足を擡げ　しだいに踏みを速くする
臼の音　杵の音　お喋りも愉しい
誇り高き娘たち　笑い声に心が躍る

　　　籾は打たれて　裂けて割れる
米は白いぞ　キラキラと　新米の眩《まばゆ》いばかりの美しさ
小さな両手で掬いあげる
臼から箕へ　真剣に　丁寧に移しこむ

　　　タラレシェッシェ！　タラレシェッシェ！
米粒が箕に触れ　悶《もが》くように跳ね返る
糠が飛び散り　篩《ふるい》から零れて　山を築く

米粒は零れそうで零れず　箕に留まっている

　上下に左右　傾き動く箕のさまは
舞い踊りつつ歩くよう　見ている者の心が躍る
この美の奥に隠された　堅固で不動の強さゆえ
箕の米に混じる汗　汗はいったい誰のもの？

　汗と汚れを水で流す　誰も襲ってきやしない
汗は激しく　とめどなし
水の流れは強くして　心を溶かし流すほど
汗は涙の痕じゃない

　…稲の母神《メーポーソップ》が人々に米をもたらした
戦士に　勇敢なる者に報いに来た
稲の母神は歩いてきた　竹籠を背負い
頬に微笑を湛え、眉に垂れる汗を拭いつつ

ウムパーン郡、メージャンにて。2523年　年始。

4

**わたし**　罅《ひび》割れた砂利粒
悲しみに砕け散り　物憂げに煤む
心を抑え　辛抱し　水の下にいるよりも
悲しみに悶える塵埃《ごみ》でいた方が　はるかに望ましい

# 生命

お腹に罅《ひび》が走る　痛い　張りつめている　曲がらない　脈が心臓が跳ね　軀が痙攣《ひきつけ》を起こしそう
とめどなく流れる汗　光る筋になる　眼が掠れ　暈《ぼや》け　霧がかって見える

眼の霞みに軀が鈍い　わたしはかろうじて繋ぎとめている細い糸
半分、夢のよう　影が過去の日々を告げる　これまで歩んだ径とは

…過ぎ去った　優雅で美しかった日々
人生の始まり　あどけなさ
稚《おさ》なげな歩みが大きく硬い足取りになった
25歳ちゃん…ああ！　生命《いのち》よ

幸福と苦痛のさなか

正しさと過ちをきちんと教えてくれた母
間近に軀の温もり
　母の慈しみ　母のことは言葉にできない…

全身が痛い　血が滾《たぎ》って駆けめぐる　足は縮み　床に蹲る
痛さに呻いて軀を揺さぶると　竹の床は音をたてる　手を握り拳を作る　汗で湿っている
生命のことに突然思いあたった　妊婦の腹のなかの小さな小さな何か
勇気は終わらない　未来の希望も　目覚めて心躍り　母親だという想いに満たされる

パージ、パヤオ。２５２２年7月16日。

# 子供

…疲れた心に忍んでくる
子供は丸々と太り　汗を拭ってやる
お腹が減った　喉が渇いたとき
寂しくて　悲しくて　心充たされぬとき
抱っこして見守り　大切に育てよう
つとめて道を築きあげる
子供が痛いとわたしも痛い
子供の病気を引き受けほぐしてやりたい
温かいご飯を噛み砕いてあげる
日に日に大きくなっていく子供

膝のうえで休ませる
触れあう肉と肉　柔らかい　心から
凶悪な黒雲がやってくるとき
わたしの気持ちを和らげ癒す
愛を大切にして　いっしょに育もう
生命の霊のすべてを伝える気持ち
子供が病気なら
繋がれた生命は二度と離れない
愛する子供に少しずつ食べさせる
愛もいっしょに大きくなってゆく

パージ、パヤオ。２５２２年　雨季の終りごろ。

# 遠くの子供への子守唄

……………

黒雲が月を隠す　雨だ
裂ける空　荒れる風　お願い　会いたい
千切られ　空に漂い　舞っている葉っぱ……

「眠れよ　眠れ　子供はだんだん眠くなる
ママが明るい松明　消してあげる」
今夜は昏い　ママは子供を胸元に
けして離さず　横たわる

パパは戦いに出かけたの
もうすぐ二日で帰るから　大人しくして　泣かないで

ママもくたくた　気苦労ばかり
お口を開けて　さあお食べ
子守唄が離れない
耳押しつけると　もっとはっきり
軀のなかを飛び跳ねる　血の躍動が聴こえてくる
愛と希望の音楽だ

なるほど今夜は昏いけど
微かな灯がまだ残る
風さえ強く吹くならば
死灰も赤く燃え盛る

「……月に願かけ　何になる
負けていじけて　待ちぼうけ　そんな歌などたくさんだ」
勇気と努力の歌を　口遊《くちずさ》め

我慢強い子を育てる歌を
…………………………
黒雲が月を隠す　雨だ
裂ける空　荒れる風　お願い　会いたい
千切られ　空に漂い　舞っている葉っぱ……

……涙を拭って　朝を待つ
別離に震える心　耐えられない悲しみ
今夜は昏いが　少しずつ　灯りがそっと射してくる
夜明けごろ　ママは子供に会いに来る

メージャン河　ウムパーンの森。２５２３年９月。
＊１９７３年のセークサン作の詩より引用。

# 移動する

モノを片付ける、　長期の食糧の準備
東へ移動だ
雨が来る　空は昏く霞んでいる
径は曲がりくねり　はてしなく長い
　空が鳴る、　割れんばかりの不気味な音
径は泥濘《ぬかるみ》　草茫々　滑りやすく寒い
蚊と蛭だらけで　生臭い血の臭い
危険と恐怖を乗り越え　先へと歩いていくのだ
　期待する心　基地に帰るころには
新しい便りを受け取ることができるはず
長い別れを告げた子供から
最愛の子供はもうすぐ一歳

難しいだろうな、辛くて苦しいだろうな
汗が濃い血の色となるまで
骨を蛭に食いちぎられるまで
唇を噛みしめ　両の拳を強く握りしめ

メージャン河の畔で。2523年7月。

# 魚を獲る人

流れに靄が立つと
朝の光が朧げになる
メージャン河には澄んだ一筋の線
生きる道はこれでよかったのか

森のそばの渡しにいる
水は絶え間なく流れ　輪廻の命ずるまま
今朝も他の朝と同じだという
誰にでも澄んだ水を分け与えるばかり
象使いは象を洗い清め
人々は洗いものをし　野菜や果物を育てる
山の人は竹筒に水を汲み

米を倹《つま》しく炊きあげる
　大河が渓流に戻れるはずがない
耐える人の心に　水が少しずつ注がれる
流れは渦巻くとも　あてにはできない
流れに任せていても　埒があかない
　丘の上に立っている人が見えるかい、水よ
夢を抱いて　遠くから来た人のことを
メージャン河の水源に辿り着き
毎日　網を打って　魚を獲っている人
流れに逆らい　一人立っている人
周囲を見渡し　場所を選ぶと
網を引いて　一気に投げ入れる
森に生きる狩人の　手慣れた技だ
　冷気のなかで保たれる熱情の心
魚を獲る人は隙を見せない
心に孤独を抱え　あてどなく森を彷徨い

メージャン河の流れに　心慰められるだけ
　魚は魚　食らうべきもの
大昔から同じだ　直感を信じ
新しいことに心を移し　構想を心に描く
彼の心のうち……　魚より大きな心
　森の戦士の終わりなき物語を
いつかは途切れる河に記しておこうか
巨大なものを抱き取ることを求め
武器による戦いが　場所を変えただけ

2523年構想。2531年推敲。

## 国境地帯の物語

『パヤーソーク』を叫ぶ　調子はずれ　あふれ出る血
涙　泣き崩れ　蒼ざめ　熱を帯びた顔
陰陰滅滅　死体の上に足跡を残し
これからも負け戦だ

国旗を掲げ　だが大将はいない
代わりにわたしが機銃掃射　心の深いところで
いいのかな　落ち着いて　静かに　隊の肩章に恥じないように
でもつい顔を突っ伏してしまう　長い間見失っていた人生に戻りたい

母の胎から出て　苦しみに悶え
母なる大地に血を混ぜてしまう　そうなのだ！

広場の墓地には　勇敢な犠牲者が列をなして眠っている
今でも微かな音がする　斬って　殺して　破壊する音

白い雲は悲嘆に濁る　もし夢だったら
清らかな雨が洗い流してくれるだろうに
炎に浮かび上がる血の高揚　煮えたぎる土の煙
平和の旗はとても遠いところにある

並んで横たわっている　あの二体の死体
焼けついて　煤塵のこびりついた武器
切れかかった民族の血筋にあって
階級どうしがぶつかりあい　生じた熱　――証人は死体ばかり

二つの国の統治者のおかげで
互いの行き来が難しくなった
損得勘定から敵が生れる

賭け金によって　血で傾く天秤
　国境からはさらなる死体
大義を叫んで玉砕する戦士たち
だがそのとき　上官はただちに踵を返す
祝杯に乗じて本音を呑み込み　魂を売り飛ばす

プロット　2523年　ウムパーン森。完成　2531年　大都会にて。
＊戦争詩の文体を採用。スラサック・シープラパン、ターリー、そして
チュラーロンコーン大学の同世代の大学人たちがよく用いた文体である。

# 森の落日

3

　フワイカーケーンを埋め尽くす赤い泥
崩れ　散らばり　流れて麓へ
われらが歓喜の時季《とき》、水の季節
岩までが押し流され

　竹橋に擦れんばかり
橋は揺れ　心は揺れ　足を踏み外しそうだ
空の霊と水の霊が出会うとき
生命は苦しさに耐えかね　躓きかける

カーケーンを渡った　足は痺れ　棒になった
ヒロインが優雅に　オシャレに歩いてるだって？
ただキツいだけ　当たり前じゃない？
挑《もが》いても　へたりこむのは泥のなか

2

夕暮れの森　草木の静寂
雨は垂直に落ち　滴《しずく》は地面に消える
水が過去の悪業を歌うと　悲しげに微かに聴こえる
生木に身を横たえるが　心は熱く落ち着かない

布で蛭を拭う　血の滲《にじ》む傷に残る毒
曇天に美しい星を求め
夜更けまで目を見開いていた　空はまだ遠い

心に宿る絶望　なんとか眠りたい

あかつきやみ…
前に通った道をゆく支度
この山からするりと下ると　城市《まち》に出るものなら
そう、今日は…ジャングルでの最後の日なのだ

1

十月　雨季が明けるころ　杳い雨が森を抱く
影が放たれ　覆い被さってゆく
陽光の金鎖を拒み
畏るべく生気に満ちた　黟《くろ》い緑

下る　下る　下る　下る

叢を掻き分け　真っ直ぐに進むと　溜池に出る
前途はない　夢を踏みにじりながら歩いてきたというのに
泥濘《ぬかるみ》に出た　軀に勢いがついた　これでいいんだ

辿り着いたのだろうか？　平地に
足が踏みしめる　広々とした平らな土
なんと短い日々だったことか　なぜなのか？
寂しさに心震える時節《とき》が来たのだ

0

別れる前　荒れた手に触れた
困難をともにしたすべての朋友《とも》　森の出口まで送ってくれた人よ
背嚢《はいのう》を降ろす覚悟がついた　もう何も感じない
生い茂る樹木の　森影から抜け出た

遠くに巨大なアーチが見える
サップファーパーの森林管理事務所だ
われら三人は　逸る心のうちに自問する
笑うだろうか　それとも泣くだろうか？
　　　　　　　　　　　――もうわからない

セークサン・プラセータクン、ウィチャイ・バムルンルットとともに8年前に城市に帰還した日を思い出しつつ。2531年10月3日。

## 遺言

傷心を抱え　倒れこむ
繰り返し浴びせかけられた　嘲りの言葉
さらに斬りつけるような鞭
わたしは死体　土のうえに放置され
腐れ　朽ち果て　塵となって
あたり一面に散らばる日を待つだけ
魂の種子が花を咲かせ　結実するために
土に抗わず　わが身を捧げるのだ
…敗北を受け容れよう
嘲りの言葉とともに倒れこむ
独りで　独りで
自分の弱さを受け容れるのだ

死を捧げることこそ　わが願い
究極の真諦《しんたい》の徴たらんとする　わが誇り
新しい芽が萌え出で　重なりあい
枝を割って伸びていくというのに
愛する人よ…どうして泣いているのか？
ためらわず　前へと歩いていくのだ
わたしはゆっくりと死んでいく
だからもう構わないで　捨てておいてほしい
わたしの死にこれからも価値があるものなら
わたしはもう悔やまない

ウタイターニー県の県庁所在地で。２５２３年10月５日。

# 蛍

1

空の片隅で最後の星が消える
奢れる蛍の光はどこだろう
地上から見上げると　空は星だらけ
華奢な生き物には……光は充分すぎる

2

わたしは蛍を選んだ
星々の高い権力や地位はいらない
だけど翼が手に入った　誇り高き望みが
星のない暗い径だって　するりと通り抜け
軽快な翼で　どこまでも飛んでいく

欠伸をするほどの一瞬　焦る心が燃える
大変な大嵐に出会ったこともあったな
暑かったり寒かったり　ようやく本当の世界に辿り着いた

3

空はどこを見ても　もう最後の星さえ消えた
へたりきって　動けないときもあるさ
灰色の虫が捨てられただけのうす暗い場所で
わたしは最高の価値を手にしたいのだ

タワンマイにて。２５２４年１月。

# 塵芥《ちりあくた》

わたし　小さな砂利粒
悲しみの色を隠して　物憂げに煤《くす》み
滝壺の緑の苔に身を寄せ　塵芥に塗《まみ》れ
細い流れが身を寄せ合い
寂しく冷涼な小川をなすところ
自分が日ごとに流れゆくことは覚悟の上
水音はくりかえし　言い伝えをささやき
聞きなれた　決まり文句の出だしを語る
世界のどこかに緑の山があって
人里離れ　森や草原や岩山があって
それから邑《むら》があって　地には人が住んでいて
それから河が城市《まち》へ流れ込んで

陽が翳《かげ》ると　水面《みなも》に光が映える
オレンジ色の葉っぱが浮いている　川は精気を失い
血の樹液が少しずつ忍び入る
硬直した死体が小川の端を流れている
戦場で銃弾に穴だらけとなった葉っぱ
水の深いところで　血が流れている
奇怪な音が証人を名乗り出る
あれ以来　長い時が過ぎたというのに
わたしは耐えられない
!?　!?　!?　!?　!?
!?　!?　!?　!?　!?
**わたし**　罅《ひび》割れた砂利粒
悲しみに砕け散り　物憂げに煤む

心を抑え　辛抱し　水の下にいるよりも
悲しみに悶える塵埃《ごみ》でいた方が　はるかに望ましい

ガラゲート。２５２４年１月。

## 5

そして生命は緑の若葉　柔らかく　濁りもなく
ゆるやかに反転して　温和な日差しに震えている
最初の葉は　いたわりのしぐさ
葉は芽吹き　重なり合い　やがて大地に落ちる

## 生命と条件

　そして生命は緑の若葉　柔らかく　濁りもなく
ゆるやかに反転して　温和な日差しに震えている
最初の葉は　いたわりのしぐさ
葉は芽吹き　重なり合い　やがて大地に落ちる
　大樹に育ち　最後のときに
事物の価値を見定められる時が来るまで
太陽の光に頼るのは慣わし
水があり　土がある　ものの順序は無視できない
　わたしたちって…たぶん樹木と同じかも
日差しがきつく憂鬱だと
立派に育つように葉をたくさん繁らせ
丁寧に（できることなら）細やかに

…大きく育って　花を咲かせ　実をつけたい
憧れていた通りになり　みごとに幕を閉じた
いくらでも挑んだ　太陽の光に向かい
しっかりと立ち　強風をものともせず
　そして成長、勇気、細やかさが条件
もしわたしたちがこれらの条件にふさわしいなら
充分な深さまで根をまっすぐに降ろし
倒れることなき樹木になりたい

『作家界』掲載。２５２４年３月。

# 寒い国からの覚書

さあ　寒い国の黄ばんだ陽光とともに到来する
便りが聞きたい　もう一度　もう一度
あまりの恐怖に顔を背け　逃げるのに精いっぱい　それが最初
でも次の瞬間には　顔を向け　戦う勇気が湧いてきた
さあ　馬鹿らしいかもしれないけど　ズタ袋を拾って　渡しておくれ
（忘れはしない！　夢でいっぱいのズタ袋がほしかった）
擦れて破れ目が生じ　悲しくも色褪せてきたズタ袋
それでも詩人の言葉が詰まっているぞ
…藍色の露の滴りは　凍てつくような寒さでも
強い炎で炙ると　言葉が溶けて水になる
気が付くと　心は苦しみに燃えている
もう涙に曇ってしまい　何も見えない…

「ペンが勇気をもっていたときがあったはずだ
短い時間！　短い時間だけれど！　今は終わった　過ぎた　消えた
でもそれこそが　人間の誠実さの本質ではなかったか
微かな叫び声が気になる　こんな夜更けに何だろう？」
さあ、ぱっと振り返って　聞いても答えてもくれない
夢は逃げ去り　地平線に亀裂が走っただけ
……何年も見失っていたズタ袋を拾い上げる
一瞬だが微風　わたしたちは溜息

ニューヨーク、イサカ。『作家界』掲載。２５２６年５月。

# 八月、美しき風と来たりて

眠る　眠る　眠る　夢の世界に隠れにいこう
逃げる　逃げる　面倒な毎日はもうたくさん
世界中で　人間のいない場所を選ぶ
無の流れに身を浮かべ　解き放ち
…水田の小屋の後ろに　卵のような白雲
風にそよぐ草の丘　微睡《まどろみ》から目覚めた
陽光の暖かさ　風が髪を優しく覆う
気ままに咲き拡がる　小さな花々
ジャングルの樹の棘も　今では軟らかくなった
勇壮さは綻《ほころ》び　微笑となった
白い寒冷地の陰鬱な黒
老木の繁茂《しげみ》は今や葉を拡げ　暑さを待ち望む

飛ぶ　飛ぶ　飛ぶ　ミツバチの高い羽搏き
水溜りの端　花粉が途切れるところまで飛ぶ
祝福を告げてまわる　希望の花粉
柔らかい黄色に　澄んだ緑が重なる
咲く　咲く　咲く　心の襞を押し拡げよう
蜘蛛の巣のおかげで　空は美しく結晶する
前の日から　母蜘蛛が巣を張っていた
季節のなかに生れくる新しさを受けとめよう
　生命の自由とは本能だ
戦いの経験から創られ　生れ出たもの
循環する土と空のことを学びたい
すべては花と葉のすきま　花弁のなかに隠されている

…誰かがやって来る　贈り物かな
わたしの目に焼き付いた映像を見せてあげたい

暖かく甘い季節　季節が過ぎてゆく
心を開こう…さあ、哲学の勉強だ

ニューヨーク、イサカ。『パージャー・ロイサーン』。2529年5〜6月。

## あれは過ぎ去った道

黒幕　誓いの言葉と　寂しい広場がある
重い雲が空を覆い　ごろごろと
戦いの雨音を立てる　聴く者などいないのに
過去の広場には　わずかに煩《うるさ》く騒ぐ樹が残るだけ

あの日　　　　　この日
勇敢に手をとりあい　確信に満ち　空は白く　旗は千切られ　硬い土に埋められた
稚《おさ》なげにも　輝く星の夢を追った　光は消えかかり　目ではわからない
男と女は若くして心に決めた　炎を手づかみにしてやろう　砕かれ　篩《ふるい》にかけられ　底に沈んでいる砂利粒

二つの流れが時代を過ぎていく
どろどろぐるぐる　眩暈《めまい》がする

毎日毎日　頭のなかで輪がめぐる
すっかり疲れはて　途方に暮れる今日

……………………………………………
……………………………………………

残ったのは感情だけ
道端に刻み込まれた感情
塵埃《ごみ》を手で拭ってきた　何年もすると傷跡は消えた
もう一度　悟りの広場を横切る　誰もいない

『パージャー・ロイサーン』。２５２７年12月〜２５２８年２月。

## 訳注

（目次）
原文は仏暦であるが、西暦に直した。

（献辞）
ファイとは火、マイファーは空にあらずの意。アッサニー・ポンラチャンのこと。チラナンの敬愛する詩人にして革命家。ナーイ・ピー」の筆名のもとに創作した。「サーイファイ」の名でタイ共産党員として活躍し、ヴェトナム、中国に亡命の後、１９８７年にラオスで客死。

### 1

**つかのまの思い　ห้วงคำนึง**
１９７０年５月、作者が15歳のときに執筆された。期待と希望に満ちていた時期である。描かれている景色は、タイ南部の故郷トランの自然。註に「ゴールデンシャワー」とあるはタイの国花。

**安らぎの世界　สันติภาพ**
「業」「公正」といった、仏教の語彙が意識して用いられている。

**ゴムの樹の物語　นิยายยาง**
１９７１年に執筆。トランはタイ南部にあるチラナンの故郷。ゴム樹林で有名。

**夜の哲学者　ปรัชญาราตรี**
「夜の哲学者」とはタイ語でフクロウの意。１９７２年９月に執筆。チュラーロンコーン大学で「チュラーの星」に選出された直後の心境が、「星に生れるのは怖い」という一行に語られている。「安らぎの世界」に続いて、この詩の第三連でも仏教用語が意識的に用いられている。「自然の美しい水流」とは銀河のこと。

**空無　ว่าง**
大学で仏教研究会、さらに「民衆の知恵」（パンヤーチョン）のメンバーとして活動していた１９７２年５月に執筆された。

**ついにボンヤリ　และแล้วก็เลือนไป**
語りかけるといった、優しい口調の詩ではあるが、大学と学生の精神への批判的姿勢が明確に見てとれる。１９７２年８月に執筆。

**目標　จุดหมาย**
１９７２年、チュラーロンコーン大学の女子大生学生集会にて朗読された。

### 2

**花が咲く　ดอกไม้จะบาน**
１９７３年、チュラーロンコーン大学の学園誌『芽生え』に収録された。

**砂の墳墓　สุสานทราย**
１９７３年６月に執筆。

### 若い水牛が消えた話　บันทึกลับกระบือหนุ่ม

『学生』誌１９７３年7月に発表された。「グー」という一人称を用い、親し気な語り口をもった作品である。ちなみに水牛は、タイ社会では愚者を意味することが多い。ここでは世間に盲従している自分たちを自嘲するために、用いられている。

### 火＝霊、仕事＝生命　ไฟ-วิญญาณ ; งาน-ชีวิต

チュラーロンコーン大学哲学科発行の『哲学研究』に発表された。かつて大地と空は結合しており、その一部が盛りあがって空となったという。タイ／ラオスの伝承を踏まえている。

### 若者の意志　ปณิธานหนุ่มสาว

恋人であったセークサン・プラセータクンが森に入るさいに、自分も行動をともにしようと決意したときの詩である。１９７３年12月に執筆。

### 花の誇り　อหังการของดอกไม้

１９７３年11月4日に執筆。「女は水牛、男は人間」という、タイに伝統的な女性蔑視思想に坑がって、女もまた生ある人間であるという意図のもとに執筆された。

## 3

### 山中の想い　ความในใจจากภูเขา

１９７６年にローングラーの山中にて書かれた。故郷と家族への想いとともに、かつて「チュラーの星」として栄光に輝いた学生時代の日々への反省的追憶が語られている。40行目までが１９７３年10月14日の政変のこと、47行目までが１９７６年10月6日の暴挙を意味している。48行目以降、語り手は森へ向かう。全体が書簡であることを示すため、最初の3行にはプレーン・ヤオなる古来の伝統詩型が採用されている。

### 青春　森の詩のごとし　หนุ่มสาวคือกาพย์กลอนแห่งป่าเขา

１９７７年に学生たちの集団が、ローングラー山に到来したのを歓迎して書かれた。

### 部隊の休息　พักพล

１９７７年に、キーパオ山からミヤン山へ移動の途上で執筆。作者のもっとも愛誦する一篇であるという。

### 記念塔　อนุสาวรีย์

１９７８年10月、コーン河東岸で執筆。各連に添えられた数字は舞台の幕間を示す。詩というより演劇を意識して、意図的に難しい単語が用いられ、韻律を構成している。

### 心を家に送る　ส่งใจไปบ้าน

１９７８年、ラオスのルアンナムター周辺で執筆。作者みずから考案した詩型「チャン」で執筆されている。冒頭は作者の故郷南タイの童歌による。南部は歴史的に王朝に「まつろわぬ」地域であった。故郷への思慕と反政府の戦闘的伝統が、この詩からは窺われる。

**ピンラー　บินหลา**

1978年、同じくルアンナムターで執筆。故郷南タイの自然と風俗を懐かしむ詩で、方言が積極的に用いられている。「ピンラー」は和名シキチョウ。その巣は天上界にあると考えられていた。「赤い土管」はタイ軍が学生を捕え、土管に入れて焼き殺したときに用いたことに因む。「ゲーン・フンプラー」は魚の臓物を煮込んだタイ料理。「ディープリー」は和名インド長胡椒。「プレー」はタイ南部の妖怪で、汚いものを食べ散らかす。「ピーガスー」も邪霊幽霊のたぐい。「ノムバー」、「ラー」、「ポーン」はいずれも祭壇に備えるお菓子。「ノムバー」は馬鹿、「ラー」はさようなら、「ポーン」は膨張という意味合いがある。その他の単語については、次頁からの「南の言葉の風」を参照。

**南の言葉の風　ใบคำใต้**

前のバージョンでは入っていない。後になって解説的につけ加えられた。

**稲の母神の微笑み　ยิ้มของแม่โพสพ**

拠点基地の近くで、現地の農民に混じり、農作業を営むことから書かれた詩である。タイで広く信仰されている稲作の豊饒の女神と、農作業にいそしむ女性たちが映像として重ねあわされている。1980年農暦正月に、ウムパーン郡メージャンにて執筆。

## 4

**生命　ชีวิต**

パヤオ県の小屋でわが子を出産したときの、悦びに満ちあふれた詩である。次の「子供」も同じ。1979年7月16日、パヤオ県パージにて執筆。

**子供　ลูก**

同じくパージにて、1979年に執筆。

**遠くの子供への子守唄　กล่อมลูกยามไกล**

セークサンが1973年に執筆した詩からの引用を含む。1980年9月、メージャン、ウムパーンの森にて執筆。

**移動する　ไปล่าเลี้ยง**

万が一の危険を考え、わが子を船に乗せ、川を下らせたときの悲痛な思いが語られている。チラナンは船着き場の町での短い滞在を終えると、ふたたび森での闘争のため、拠点基地へ戻らなければならなかった。1980年7月、メージャンにて執筆。

**魚を獲る人　คนหาปลา**

「魚を獲る人」とは、学生闘争をともに戦い抜いた夫、セークサンのことである。彼はチラナンがその後投降を決意するにあたって、示唆と助言を与えた人物でもあった。この詩は1980年、「遠い子供への子守唄」に描かれた、わが子との別離の以前に構想執筆され、1988年に完成をみた。

**国境地帯の物語　นิทานชายแดน**

1980年にウムパーンの森で構想され、1988年に完成した。戦争詩の文体が用いられている。この詩とそれに続く「森の落日」には、1980年10月にチラナンが夫セークサンとともに投降したときの体験が反映されている。

**森の落日　ตะวันตกดินที่ซับฟ้าป่า**

森での闘争を放棄し、投降後にコーネル大学に進学した時期の気持ちが、後に改装されて語られている。「サップファーパー」はフワイカーケーン地区の森の名。地区全体は野生動物保護区であって、森林局の管理保護下にある。「カーケーン」には、足が疲労の極にあるという意味あり。1988年に執筆された。

**遺言　พินัยกรรม**

ウタイターニー県県庁所在地にて、1980年10月5日に執筆された。まさに投降の時期に執筆された詩である。

**蛍　หิ่งห้อย**

タワンマイにて1981年1月に執筆。かつてチュラー大の「星」であった自分が、ついに「蛍」になったことに、思いを寄せている。

**塵芥　เศษธุลี**

同じく1981年1月に執筆。『ガラゲート』に発表。この詩は同年、ペン・インターナショナル・タイランド賞を受けた。

**5**

以下は、作者がアメリカに渡り、過去の活動をふり返って執筆した詩である。

**生命と条件　ชีวิตและเงื่อนไข**

『作家界』誌に1981年3月に掲載された。

**寒い国からの覚書　หมายเหตุจากเมืองหนาว**

コーネル大学のあるイサカで1983年5月に執筆され、『作家界』に掲載された。

**八月、美しき風と来たりて　มากับสายลมเดือนสิงหาฯ**

イサカで1986年5月から6月にかけて執筆され、『パージャー・ロイサーン』誌に掲載された。8月はイサカがもっとも美しく、自分の新しい人生の始まりを予感させるにふさわしい季節であるため、題名に選ばれた。

**あれは過ぎ去った道　อันเป็นทางผ่าน**

イサカで1984年12月から85年2月にかけて執筆され、前掲誌に掲載された。

# チラナン　人と作品

四方田犬彦
櫻田智恵

1

現在のタイでもっとも女性たちの間で支持され、憧れの対象となるばかりか、生き方においても、芸術的センスにおいても、理想的なモデルとして考えられている女性は、いったい誰だろうか。このさい王室のやむごとなき王女様や映画女優、TVタレントには遠慮してもらうことにして、それはチラナン・ピットプリーチャーである。

ニックネームは「チット」。詩集はたちまちベストセラーとなり、エッセイ集はジャーナリズムの話題となる。企画した展覧会はタイの文化シーンを次々と塗り変えて、若き日の冒険は映画化されて大きな反響を呼ぶ。あれは二〇一〇年であったと記憶するが、メディアが「現代タイ社会で影響力をもつ一〇〇人の女性」の一人として彼女を選んだとき、わたしの周囲のタイ人たちは、いかにも当然という顔をした。

チラナンは美しくて聡明であるばかりではない。いつでも軽快で最先端に立っている。世界中を飛び回りながらつねに社会批判の眼差しを忘れず、その一方で、心のなかではブッダの説く人生の静謐さを見つめている。

　チラナンの人生は、ちょっと誰にも真似のできないものだ。名門チュラーロンコーン大学に入ってまもなく「大学の星」に選ばれ、大きな栄光を手にした。反体制運動の指導者と恋に陥り、ともに国境地帯の森に隠れて五年間。銃を手に国軍と対決しながら、少数民族地区で出産。続いてアメリカの大学に留学。詩集を刊行するや、たちまち東南アジアでもっとも権威のある文学賞を受けた。帰国すると水を得た魚のようにメディアで活躍。文学に、写真に、キューレーションに、まさに八面六臂の活躍を続け、現在にいたる。

　本書はそのチラナンが最初に刊行し、一躍ベストセラーとなった詩集の翻訳である。

　もう少し、きちんと紹介することにしよう。

　本書はタイの詩人、チラナン・ピットプリーチャー、จิระนันท์ พิตรปรีชา Chiranan Pitpreecha の詩集『消えてしまった葉』ใบไม้ที่หายไป *Bai Mai Thi Hai Pai* の全訳である。原書は一九八九年にバンコクのアーンタイ出版社 สำนักพิมพ์อ่านไทย から刊行され、第一一回東南アジア文学賞を受賞した。「消えてしまった葉」という題名は、作者の夫セークサンの詩集『季節』に収録されている同名の詩にもとづいている。また本書の以前の版ではそこから「ああ、ついに私はこの樹のふもとにもう一度座っている／葉は色づきはじめ、混乱した頭のなかを満たすようだ／もうすぐ美しい黄色となるだろう」という始まりをもつ引用がなされていた。

　ちなみに「葉《バイ・マーイ》」とは、著者が武装闘争時に、配属されていた第二〇部隊で付けられていた通称であり、森のなかの一枚の葉のように、革命のなかで小さな役割を演じているという意味がこめられている。部隊が武装解除となり、兵士たちが投降したとき、おのずから「葉」という名前の自分を失ってしまったという思いが、そこから推察できる。

　チラナンについては日本では一般読者の間でほとんど知られていないことを鑑み、以下にタイの政治社会史にそって彼女の経歴を簡単に記しておきたい。典拠としたのはチラナンみずからが著した『もうひとつの儚い夢　命の長旅の記録：歴史の曲がり角に立った一人の女性の歩み』

อีกหนึ่งฟางฝัน บันทึกแรมทางของชีวิต : เส้นทางของผู้หญิงคนหนึ่ง ณ（イーク・ヌン・ファーン・ファン　バントゥック・レームターン・コーン・チーウィット：センターン・コーン・プーイン・コンヌン・ナ・チュット・ハックリアオ・コーン・プラワッティサート。プレーオ出版、二〇〇六年）である。

2

チラナンは、一九五五年九月二五日タイ南部トラン県に生れた。後に詩のなかでも歌われるのだが、植物が繁茂する、緑麗しき土地である。彼女は「チット」という愛称で呼ばれながら、成長した。

実家は「シリバン」という書店であった。そのためチラナンは少女時代から、書物に囲まれた環境のなかで育つことができた。詩を書き始めたのは中学二年生のときであった。長じて彼女は地元の由緒正しい女子校、サパーラーチニー校を卒業すると、バンコクに上京。さらにトリヤムウドムスックサー高校に通った後、チュラーロンコーン大学薬学部に入学を果たした。ちなみにチュラー大は単に最高学府のなかでも名門であるばかりか、王室の子弟が通う大学としても有名である。

チラナンの人生の最初の転機となったのは、この大学に入学して二年目のとき、「ダーオ・チュラー（チュラー大の星）」と呼ばれる大学ミスコンに出場、優勝を果たしたことであった。日本の大学のミスコンとは違い、ダーオ・チュラーは、単に女性の容貌の美しさだけを競う催しではない。自薦だけで出場できるものでもない。出場資格を得るためには、すでに所属学部を代表する女性でなければならない。美しく、成績優秀で、品行方正であることはいうまでもないが、考え方やリテラシー、社会奉仕体験や芸術的才能など、さまざまな分野にわたって才色兼備であることが求められる。タイ最高峰の大学において、すべての点において頂点に立つ女性、それがダーオ・チュラーであるといっても過言ではないだろう。地方出身の読書好きの少女にとって、この称号は身に余る光栄であった。

チラナンがダーオ・チュラーに輝いた一九七〇年代前半のタイには、政治的に、また社会的に、きわめて鬱屈した空気が漂っていた。タイはもとより反共政策を掲げており、ヴェトナム戦争においてもアメリカに数多くの基地を提供し、協力的な姿勢を見せていた国家であった。もっとも米軍は一九六八年前後より部分的に撤退を開始し始めている。その結果は、タイ社会における悪性インフレの流行となって現われた。主食の米をはじめ、食料品価格は一〇パーセントにわたって高騰した。加えて都市での犯罪増加が深刻な状況をもたらした。

こうした状況を見るに見かね、一九六九年、バンコクのタマサート大学の学生たちがついに立ち上がった。翌七〇年には同大学政治学部の有志学生らが中心となって、「タイ全国学生センター」（NSCT）が正式に発足する。さまざまな大学の学生たちが、この組織を通して政治運動に参加するようになった。

タマサート大学は歴史的に学生の政治的関心が高いことで知られ、現在に至るまで多くの活動家を輩出している。だがその当時、一方の名門校であるチュラーロンコーン大学では、学生の政治的関心はそれほど高くなかった。とはいえ状況は切迫していた。一九七一年、タノーム元帥がクーデタを起こし、六八年に制定された憲法を廃止してしまう。学生運動はそのため一時的に停滞したが、運動組織はほどなく回復し、日本製品不買運動をはじめ、小規模な闘争をあちらこちらで展開していくようになる。

チラナンがダーオ・チュラーに輝いた一九七二年、チュラーロンコーン大学工学部のティラユット・ブンミーがNSCTの書記長に選出されると、この大学の学生のなかにも、政治運動へ参加せんとする機運が日ごとに高まっていった。チラナンも例外ではなく、そうした機運のなかで、少しずつ政治運動に興味を抱くようになっていった。

実をいうと、彼女は学生運動に傾倒する以前から、徐々にではあるが大学への失望を感じ始めていた。加えてダーオ・チュラーに選出された直後から、自分より年長の学生たちが態度を豹変させ、わざと卑屈なふりを示すようになった。チラナン本人は自分を地方出身の、何の変哲もない女子大生であると考えていたのだが、周囲は彼女を特別視することをやめようとしなかった。こうした状況に、彼女はいい知れぬ違和を感じ出していた。チラナンは次第に周囲を信用しなくなり、友人との交際をも躊躇するまでになった。そこで自分を普通の人間として扱ってくれる人たちを求め、当時「大学中の変人の集まり」と揶揄されていたサークル、「パンヤーチョン」（知識人）へと足を向けた。気性が合ったのか、彼女はまもなくそこに入り浸るようになる。彼女が当時学生の間で流行していたマルクス主義に触れることになったのは、このサークルにおいてである。

やがてチラナンはパンヤーチョンのメンバーたちとの活動を通して、セークサン・プラセータクンと出会う。彼女は当初、セークサンがタマサート大学の学生組織を率いるリーダーの一人であるとは、まったく知らなかったようである。ただ彼が演説のなかで、「最高の超大国」という奇妙ないいまわしを用いることに興味を抱いた。セークサンは気性は激しいが優秀な学生で、ボクシングに鉄腕を誇った。二四歳で、もうとうに大学を卒業していなければならない年齢ではあったが、カトリック系の慈善団体に関わり、スラムで貧困救済運動に従事していたため、一時は大学を退いたつもりでいた。それが気を取り直して復学したときに、NSCTに関わり、その中心として活躍することになった。後になってチラナンはセークサンに対し、「火のような人」という第一印象を抱いたと語っている。だが恋人という関係になってからは、さらに「嵐のような人」だと思うようになったという。

学生運動の高揚も手伝って、タイには民主化の機運が高まりつつあった。とはいえ社会情勢にはいっこうに改善のきざしが現れず、軍政への不満が増大するにいたった。一九七三年、タノーム首相の任期が延長された。このときラームカムヘーン大学の学生が自費で刊行する雑誌のなかでその不祥事を諷刺する文章を発表し、退学処分を受けた。この事件を契機として、学生たちの不満は爆発した。民主記念塔の前に一万人を越える者たちが集結し、政権打倒の抗議運動を呼びかけた。タノーム政権はすべての大学と短大を閉鎖し運動解散を狙ったが、これが火に油を注ぐ結果となった。学生たちの闘争心はさらに燃え拡がったのである。

ここで忘れてはならないのは、王室の存在である。王室もまたタノーム軍事政権と対立関係にあった。軍部は独裁制を正当化するため、王室を利用したにもかかわらず、王族の経済的利益を脅かしていた。また政権内部には、王室の廃止を目論む者まで存在していた。こうした様々な事情が重なっていたこともあり、プーミポン国王は学生運動に対し一定の共感を示し、資金援助を行っていた。また学生運動の側にしても、王室を政治的に利用せんとする戦略があった。軍事政権は学生たちのなかには国家を脅かす共産主義者が存在していると非難したが、学生たちは国王夫妻を運動の象徴として担ぎ出すことで、その攻撃を巧みにかわすことに成功したのである。タノーム政権はこうして王室から反発を受けるとともに、学生たちからも軍政の廃止と新憲法の発布を要求されることになった。文字通り四面楚歌の状況である。その結果、学生たちへの圧力がさらに強まり、それが一九七三年一〇月一四日、ついに不幸な頂点に達した。後に「10・14の政変」(シップシー・トゥラー)と呼ばれる、軍隊と学生との大規模な衝突が生じてしまったのである。

チラナンはすでにチュラーロンコーン大の女子学生組織の幹部となっていた。学生組織が統合されると、自然とセークサンと行動をともにすることが増え、二人はよりいっそう親密さを分かち合うようになった。一〇月一四日の大規模なデモに参加したとき、チラナンはまだ二〇歳である。彼女は「大きな荒波の上に立ち、洪水に呑まれていくような」気持ちを抱き、自分が「大きな波から逃れられない、小さな水でしかない」と感じていた。このデモが世界を変革していくと考えると、大きな興奮に包まれているような気分になった。

デモの大義は、タイに民主主義を回復させ、憲法を再発布させることにあった。また共産主義者のレッテルを貼られ投獄されていた学友同志を解放することにあった。運動は全土にわたって拡がりを見せた。学生運動は政権と国王を動かした。こうして目的は達せられようとしていた。チラナンがこの時期に執筆した詩「花が咲く」(三四頁)には、未来への希望に満ちた気持ちが強く語られている。この詩は本詩集のなかにあって、もっとも人口に膾炙した詩である。

とはいうものの、学生運動が多くの死者を出したことも事実である。セークサンを中心とする一部の運動家が政府との交渉に満足せず、国王の居住するチットラダー宮殿へと直接に行進を始めるという事件が生じた。それが契機となって、軍・警察と学生組織の間で武力衝突が発生した。結果的に時の政権は責任を追及されて総辞職となり、政府関係者のなかには海外へ亡命を余儀なくされた者も出た。学生たちも同様に無傷ではいられなかった。セークサンは暴漢から身を守る必要から常時拳銃を所持していたが、状況はさらに苛酷さを増していった。彼をはじめとする学生運動の幹部たちは、白色テロを回避するために、〈森〉へと向かうことになった。タイの北部ならびに東北部がラオスと国境を接するあたり、少なからぬ少数民族が国家権力とは無関係に生活を営んでいる、広大な地域のことである。

セークサンは森に入るにあたって、チラナンに同行を提案した。彼女は最初、それを断ったようである。卒業を待たず、わずか二年で大学生活を途中で切り上げることには躊躇があった。また音信不通が生じた場合、故郷の家族が心配するのではないかという懸念もあった。とはいうものの、ひとたびセークサンの申し出を蹴ってみると、たちまち不安になった。わずか二日ではあったがセークサンと連絡のとれない日が続くと、気懸りから日常の生活を送ることができなくなった。そこで思い直し、彼とともに森に入ることを、改めて決意した。本書に収録されている詩「若者の意志」(四四頁)には、「若い男と若い女/手をとりあって　どこへ行く?/道に迷うばかり　行き場所がない/それとも　空を翔ける橋でも作ろうというわけ?」という詩行があるが、それはこの間の微妙な事情を語ったものである。

もっとも森に入るといっても、直接にバンコクからどこかの森へ逃げ込んだわけではない。二人は同志七、八名とともにまずタイ共産党の導きで、フランスに向かった。パリではトロツキスト組織と接触し、日本人のトロツキストに紹介されたこともあったという。パリから北京へ。ここでセークサンとチラナンは結婚式を挙げた。さらにヴェトナム、ラオスへ。ラオスで武装訓練を受けた後、国境を越えてタイのパヤオ県に移り、闘争の拠点を築いた。一九七五年のことである。

この詩集には一篇だけであるが、散文のスタイルで書かれた、「山中の想い」(五二頁)という作品がある。

それまでの勇壮な戦いの詩の後にこの詩に達した読者は、そこに描かれている故郷と家族への想いの、あまりの率直さに、あるいは驚くかもしれない。だがこの詩が湛えている、異色とも呼べる寂しさは、当時のチラナンの寄る辺ない心境を映し出している。

実際に森のなかで本格的な闘争が開始されたのは、一九七六年であった。この年、タマサート大学では千人を越える学生が反乱分子として連行された。軍部と衝突した学生側には沢山の死者が出た。後に「10月6日事件」（ホック・トゥラー）と呼ばれる事件である。バンコクに留まった幹部の大半は逮捕された。身の危険を感じた者たちは、数千人の規模で森に逃げた。彼らはタイ国共産党に合流し、ただちに武装闘争に入った。拠点基地はたちまち満員となり、食糧不足から仲間割れまで、さまざまなトラブルが生じることになった。

この年に始まる四年の歳月は特別であり、異常な時期であったと、のちにチラナンは回想している。それは民衆の生活の実態を知るとともに、独力で生きていくことの悦びと素晴らしさを知った時期でもあった。森では愉しいことばかりではなかった。軍の「共匪狩り」によって友人が撃たれ、長く患ったのちに死亡したこともあった。とはいえ、生れて初めて試みた農作業の素晴らしさ。それまで知識としてしか知らなかった民衆の生活を、外ならぬ自分が実践していることの愉しさは、何にも代えがたいもののように思われた。「稲の母神の微笑み」（八〇頁）という詩には、このときの悦び、農作業をする女性たちの人間としての美しさが、リズミカルな文体を通して描かれている。

チラナンにとって何よりも嬉しかったのは、一九七九年に子供が生れたことである。このとき母親は二五歳。生まれたばかりの息子はテーンタイと名づけられた。妻の妊娠をことのほか悦んでいたセークサンは、出産に立ち会った。「抱っこして見守り　大切に育てよう／愛を大切にしていっしょに育もう／道を築き上げる努力／生命の霊のすべてを伝える気持ち」。この時の悦びは「生命」（八六頁）「子供」（八八頁）という二篇の詩に語られている。

とはいえ幸福な時間はいつまでも続いたわけではない。子供を森で育てること自体は苦ではなかった。また子供の将来を考えると、よりよき社会の建設を信じ、国軍と戦い続けることは必要でもあった。とはいえ問題は、子連れで森のなかで闘争することの困難であった。

あるとき、セークサンがテーンタイをおぶったまま部隊を引き連れ、森を移動していたときのことである。向こう側から誰かが歩いてくる気配がした。部隊には緊張が走った。ひょっとして「共匪狩り」の国軍かもしれない。もし兵士たちに発見されたら、拷問のうえで殺されるのは目に見えている。部隊は息を潜めて隠れていた。そのときセークサンの背中のテーンが大声で泣き始めた。身を隠していることは難しくなった。セークサンは一人、部隊を離れ、村に逃げ込んだ。幸いにもこのときは事なきを得た。だが一部始終を間近で眺めていたチラナンは、もうこれ以上、幼子を連れて部隊と行動をともにすることはできないと感じたのだった。

チラナンが子供を連れて投降することを思い立ったのは、この事件からしばらく経ってのことである。セークサンはそれを聞き、当時潜伏していたロンクラー山に響き渡るかのような大声で、噎び泣いた。子供とチットのためを思うと、別離に耐えることはできる。だが戦局はますます険しく、自分の身に明日、何が起きるかもわからない状況だ。投降した者の身の上にも、何が起きるかわからない。自分がもう二度と家族に会えないかと思うと、それが辛い。セークサンの苦悩とはそのようなものであった。

反共を国是とするタイでは、長きにわたって熾烈な「共匪狩り」、つまり共産主義者の弾圧と処刑が行なわれていた。たとえ共産党に入っていなくとも、マルクスやゴーリキーの思想と作品に傾倒していただけで、学生たちは共産主義者であると見なされ、狩りの対象とされるのだった。

セークサンは一九七八年の時点で、タイ共産党に正式に入党していた。チラナンは共産党の下部組織である青年部に属しており、入党を予定していたが、本拠地の転進などの事情が重なり、入党はなされなかった。とはいうものの、チラナンが投降した場合には、その先に苛酷な拷問が待ち受けていることは充分に考えられた。

チラナンは悩み苦しんだ後、子供を一人だけ親戚のもとに送ることを決めた。ラオス国境のパヤオ県からミャンマー国境のターク県まで移動し、そこに流れるメージャン河の船着き場まで足を運んだ。信用の置ける古くからの友人が、川を下る船に乗る予定だった。そこに子供を同乗させようという計画である。チラナンは生後九か月の子供を友人に託し、旅立たせた。

船に乗せる前、チラナンは自分の巻スカートの布でお包みを新調した。子供に乳を与え寝かしつけると、家族に宛てて手紙を書いた。とはいえ、万が一、子供が捕えられたときのことを考えると、多くのことを書き記すことはできなかった。手紙と一緒に子供を船に乗せたとき、子供はいっしょに旅行に行けるものと勘違いしたのか、嬉しそうにしていた。チラナンは船が出航すると、数日にわたって町に滞在した後、ふたたび闘争のため基地へ戻ることにした。母乳と涙が競い合うように流れ出た。この子供との別れは「移動する」（九三頁）のなかに描かれている。

その後、チラナンはさらに過酷な闘争に身を投じていった。と同時に、彼女はいつしか、心のどこかに虚無を感じるようになっていたという。自分たちが目指していたことは、単に村で農作業を営み、生活していくことだけだったろうか。こうした疑問が、ふと湧き上がることがあった。一方、セークサンの側は、共産党内部の対立に神経を消耗させていた。彼はそのため、内ゲバによる生命の危険を感じたこともあった。すでに多くの学生たちが投降をすませていた。

この間の状況の急激な変化については、若干の説明が必要だろう。一九七五年にアメリカ軍を追い出し、南北統一を成し遂げたヴェトナムは、七九年にはポル・ポトのクメール・ルージュを攻撃し、カンボジアに侵攻するとヘン・サムリン政権を樹立させた。中国はヴェトナムのこの態度をよしとせず、ただちに膺懲の意味を込めてヴェトナムを攻撃した。中国の共産党政権に追従していたタイ共産党は、どこまでも中共の指示に従わざるをえなかった。セークサンをはじめとする学生活動家たちは、ヴェトナムの民衆を同志であると考えていたため、この矛盾を前に苦しい立場に追いやられた。ヴェトナムを牽制する目的で、中国政府がタイ政府と和解したとき、矛盾はいっそう明解となった。タイ共産党は論理的に中国から見捨てられ、ラオスから追放されてしまった。セークサンはタイに固有の社会的矛盾を見据え、さらなる闘争の再組織化を唱えたが、国際主義を重視するタイ共産党はそれを認めず、学生たちを切り捨てる方針へと動いた。

タイ国内では、一九八〇年の時点で、クリエンサック首相が学生たちに向かって、恩赦投降を呼びかけていた。次の政権を担ったプレーム首相もこれを踏襲し、投降した者は過去を問わないと繰り返した。首相府令66／2523によって、タイ共産党に参加し闘争に与したことは罪に問われないこととなった。それまでの戦闘によって多くの犠牲者を出していた学生たちは次々と投降を開始し、自動的に恩赦を受けた。この運動が効果を挙げたと見た政府は、さらに一九八一年に大規模な討伐作戦を実行し、一九八二年には共産主義者との戦闘は収束したと宣言した。

　チラナンとセークサンが森を脱出したのは、一九八〇年一〇月のことである。モンスーンの時期に移動をすることは危険ではあったが、セークサンに身の危険が迫っていることを考えると、躊躇する時間はなかった。何人かの同志が行動をともにしたいと申し出たが、目立つことを恐れた彼らは単独行を選んだ。同志ウィチャイ・バムルンルットだけが同行した。彼らはサップファーパーの森林管理事務所に出頭し、そこからバンコクへ運ばれた。武装闘争をめぐる罪過は、いっさい言及されることがなかった。

　とはいえ、この時期にセークサンとチラナンを襲った敗北感と虚無意識は想像に余りある。母校タマサートを五年ぶりに訪問したセークサンは、自分が不在の間にそこで大虐殺が行われたと思うと、やりきれない気持ちに見舞われた。この時期にチラナンが執筆した「遺言」（一〇六頁）「蛍」（一〇八頁）「塵芥《ちりあくた》」（一一〇頁）といった詩を読むと、深い心理的動揺のなかで何とか自分の生き方をもう一度構築しようとする意志が、生々しく感じられる。彼女にとって悦びとは、生き別れとなっていたテーンとの再会であった。

　投降して二年後、セークサンとチラナンはアメリカのコーネル大学へ留学した。セークサンは一八世紀におけるタイ国家の成立をめぐって博士論文を執筆し、チラナンもまた歴史学を修めた。チラナンは森のなかでは精力的に詩作をしていたが、投降後はしばらく気力が失せていた。それがコーネルに滞在中に回復し、詩作が再開された。一九八四年、彼女はさらにもう一人の息子、ワンナシンを授かった。やがて一九八九年にバンコクで詩集が刊行され、その年の東南アジア文学賞を受けると、詩人としてのチラナンの地位は不動のものとなった。

チラナンはコーネルから帰国すると、メディアのなかでまさに縦横無尽の活躍を開始した。森での生活を描いた回想記、旅行記を精力的に執筆したばかりではない。しばしばテレビに登場してコメントを語り、マスコミ知識人として著名な存在となった。博物館の企画業務に携わる一方で、夥しい数の映画字幕を熟《こな》したり、英語での書籍出版も手掛けたり、まさに八面六臂の活躍ぶりを見せて現在に至っている。学生時から興味があり、詩集のなかでもしばしば言及されている仏教については、スリランカやインドに足しげく通い、そこで得た研鑽をタイに戻って発表するという作業を続けている。ちなみにチラナンの次男ワンナシンは現在、ケーブルテレビを中心に番組司会者として活躍している。

本書の翻訳者の一人である櫻田が垣間見たチラナンの印象を、ここで語っておこう。

わたしが翻訳作業の相談でチラナンと待ち合わせていると、彼女は自宅のあるアーリー駅前のカフェに薄化粧のラフな格好で現れる。彼女はコーヒーを飲みながら、もしくは食事をしながら、ときにわたしのノートをのぞき込む。「かわいいタイ文字！」とはしゃぎながら、翻訳の確認作業を進める。

チラナンはいつも、「次は友達の出版記念式典で挨拶を頼まれてるの。」「友人との待ち合わせがあるの。」と忙しそうである。そしていつも必ず、「この詩集と私たちの政治運動で一番大事なこと。それは仏教的な心なのよ」と言い残して颯爽と帰っていく。飾らない彼女の姿を見、その言葉を聞いた後で、ジャケットを着てキッチリした格好の自分を見返してみると、わたしはなんとなく恥ずかしい気持ちになるのである。

3

ここで今一人の翻訳者である四方田が、いかにしてチラナンの存在を知り、本書の刊行を志すに到ったかについて、個人的な事情を若干記しておきたい。

わたしが日本財団のＡＰＩフェローとしてバンコクのチュラーロンコーン大学に滞在したのは、二〇〇八年のことであった。タイ怪奇映画における女性の表象を課題に論文の準備をしている間、少なからぬ映画関係者、作家、民俗学研究家に会い、言葉を交わすことができた。そのときに気付いたのは、若い女性研究者や学芸員の間でチラナンという名前が、実に熱っぽく語られているということであった。長きにわたってタイ・ラオス国境で武装闘争を重ね、現在はタイのアートとメディア、また環境保護運動のなかで縦横無尽の活躍をしている女性。わたしの出会った女性たちにとって彼女は、何よりも強い憧れの対象であり、理想的ロールモデルであるように思われた。

『ムーンハンター』(原題は『一〇月一四日の市民戦争』)というフィルムを観たのは、この滞在時においてである。二〇〇二年にバンディット・リコッタンが監督したこの作品は、一九七〇年代の学生運動の指導者、セークサン・プラストークンがみずから脚本を担当している。いうならば彼の青春時代の自伝映画である。それは同時に、セークサンの妻であったチラナンの物語でもあった。

デモとシュプレヒコールに明け暮れ、白色テロに怯えるバンコクの大学での日々。若い二人は北部ラオスの森のなかに身を潜め、武装訓練に明け暮れる。とはいえ毛沢東派のゲリラ幹部の教条主義には幻滅を感じ、セークサンは焦燥感に駆られる。密林での険しい生活のなかでの、都会出身のインテリの苦痛。同志たちとの離別と孤立。ラオスの山岳基地からの追放。彼はやがて緑色の戦闘帽を捨て、現地の少数民族が被るターバンを頭に被るようになる。組織から生命を狙われるようになったセークサンとチラナンは、激流を越えて北部タイへと抜け、地元の森林管理事務所に保護を求める。フィルムの題名である「月を狩る」とは、ある夜、木陰に蠢く光を敵兵だと思って反射的に銃を向けた主人公が、それが満月であったと気付くという場面に由来している。いうまでもなくそれは、武装闘争によるタイ社会の解放という、けっして到達できない理想を示す隠喩である。

このフィルムを観た直後、わたしは幸運にもセークサンと午後いっぱいを過ごす機会を得た。白い口髭を生やし、セイウチのごとき巨体の人物であった。彼はかつて学生運動家として活躍していた母校タマサート大学で、政治学部の学部長を務めていた。わたしの側にはいくつか、ぜひ尋ねておきたいことがあった。森のなかでの武装闘争とは、具体的にどのようなものであったか。タイのプレーム政権はなぜ、数千人に及ぶ学生たち全員にあっさりと特赦を与え、彼らの投降を快く迎えたのか。投降した者たちのその後の人生はどのようなものであったか。

セークサンの説明によれば、彼とチラナンは多くの投降者が決断した後も、しばらくは森のなかに留まっていた。彼らはタイ官憲のみならず、共産党の側からも望ましくない人物として生命を狙われていたという点で、きわめて困難な状況にあった。運を決して投降したものの、その後二年間は深い挫折感に襲われ、何も手をつけることができなかった。二人がアメリカのコーネル大学に留学したのは、そのとき勧めてくれるところがあったからである。

どうしてコーネルを選んだのかというわたしの問いに、セークサンは苦笑しながら答えた。大学が森のなかにあると聞いたからだ。長いこと森にいたのだから、それなら大丈夫、やっていけると思った。事実、コーネルにいた間は、湖で釣りばかりしていたなあ。

セークサンが帰国し、タマサート大学で教鞭を執り出したとき、彼はすでに四〇歳を越えていた。森にいた同志たちのなかには、普通の生活に復帰した者もいれば、精神に変調をきたした者もいた。企業戦士になった者も、タクシン内閣に入閣して、権力の道を一途に目指した者もいた。彼らは一九八〇年代後半の経済成長の恩恵を受け、現在ではタイ社会の教育界や言論界にあって、中枢に位置する存在と化しているといっても過言ではない。これを称して「一〇月世代」（コン・ドゥアン・トゥラー）と呼ぶ。セークサンが強調したのは、投降した者は、過去の戦闘行為のことで誰一人として処罰されなかったという事実である。

わたしの質問に答えた後で、今度はセークサンの方が質問を切り出した。日本の連合赤軍のことはタイでも報道されているが、自分にはよく理解できないところが多い。日本もタイと同じく仏教国であると聞いているが、いったい連合赤軍の兵士のなかに仏教徒は何パーセントくらい存在していたのか。自分たちは武装闘争のさなかにあっても、国王と仏教にはけっして言及しなかった。日本の場合にはどのようであったのか。

これはわたしには予想もしなかった問いであり、咄嗟に答えることができなかった。日本とは体制側も反体制側も善と悪を峻別し、悪を排除することを重視する社会である。その結果、ささいな差異が原因となって、凄惨なリンチ殺人や内ゲバが生じる。だが、わたしが滞在していたタイでは、善と悪をめぐりまったく異なった価値基準が存在しているように思われた。両者の間に厳格な境界線を引くことをせず、その区分はつねに揺れて、未決定に留まっている。体制側は学生たちが白色テロに追い詰められ、森に入った理由を熟知しており、国際政治の狭間にあって彼らが孤児と化したとき、過去を問わず、彼らを受け容れることを躊躇しなかった。もちろんそこには政権側の国際情勢を考慮した打算も働いていたであろうが、彼らの多くは優秀にして勤勉誠実な学生たちであり、国にとって貴重な人材であったという理由もないわけではなかった。

日本では明治初期には、北海道に独立国を樹立しようと武装闘争をした榎本武揚が、敗北の後に逓信大臣として政府に迎え入れられたということがあった。だがその後、体制側はかかる叡智を喪失してしまい、久しい時が過ぎている。わたしはセークサンと対話をしながら、逆に同時期の日本で極寒の森に迷った者たちのことを考えていた。彼らの悲惨きわまりない末路をタイの知識人の前で、どのように説明すればよいのか。

チラナンの詩集の存在を知ったのはこのときである。彼女は少女時代から詩作を始め、武装闘争のさなかにも、同志たちの発行する『軍事拠点発』（グート・ナイ・ゴーンタップ）なる雑誌に詩を発表していた。投降後も詩作を続け、コーネルの大学院に在学中に詩集を発表し、一躍タイ詩壇の新星として評判を得た。バンコク滞在が終わろうとするころ、わたしは大型書店で『消えてしまった葉』を求めた。店員は、ああ、あれねといい、ただちに書物を見つけ出してくれた。

チラナン本人と話したのは、それから六年が経過した二〇一四年のことである。わたしたちはバンコクの芸術文化センターのカフェで会った。若い世代からカリスマのように崇められているとは聞いていたが、親しみやすい雰囲気の人で、森での生活について気さくに話してくれた。

バンコクの便利な生活に慣れていた彼女にとってまず学

ぶべきは、薪を集め、火を熾して米を炊くことであった。国軍に居場所が知れるとただちに移動しなければならない。そのため竹を組んで簡素な家を建て、必要となればただちに解体して、次の場所へ資材を運んでいかなければならなかった。内通者の存在にも気を許してはならなかった。

森にはカレン族が住んでいた。彼らは国籍にも国境にもまったく無頓着で、自分たちがタイ国軍と戦っていることに無関心だった。解放闘争のことを説明しようとしたが、理解してもらえなかった。もっとも自分が森のなかで出産したときには、いろいろと助けてもらった。バンコクからは何千人という若者が独裁政権を嫌って森に来ていて、そのなかには大学病院に勤務していた医師や医学生もいたので、出産に関しては何の心配も抱いていなかったが。

チラナンは、国軍兵士とは直接に対峙したことはなかったという。ときおり遠くの方から大砲の音が聞こえてきたり、飛行機が爆弾を落としに来たことはあった。しかしそれ以上のことはなかった。さまざまなタイプの人々が来ていた。勇ましく前線に出ていく人もいれば、自然に囲まれて悠々とコンミューン生活を愉しんでる人もいた。ミュージシャンのなかにはこっそり「下界」に戻って、手紙を届けたり、受け取ったりする人もいた。彼女の両親は娘のことをそれほど心配していなかったし、運動をちゃんと理解し、それなりに支持してくれていたという。

チラナンの語る森での生活は、セークサンの語るそれとは少しく趣を異にしていた。セークサンがわたしに語ったのは、タイ共産党内部の教条主義とみずからの政治的孤立であったが、チラナンはむしろ生活共同体のなかの日常生活の細部を、ある懐かしさを込めて物語ってくれた。

別れしなに、チラナンはわたしにTシャツをくれた。環境保護運動のため、彼女がみずからデザインしたシャツだという。それから写真の話になった。彼女はサルガドの写真に夢中のようで、つい数日前にそれを見るため、シンガポールまで出かけたといった。わたしたちは再会を期待して別れた。

セークサンとチラナンがすでに五年前に離婚していたと知らされたのは、その直後である。

4

本書の翻訳は次の手順で進行した。

まず櫻田が原書の一行一行、一つひとつの語義を確かめ、精密なるノートを作成した。彼女がノートに基づいて四方田に口頭で説明するのを受けて、四方田が日本語の訳文を構成した。櫻田がそれをチェックし、疑問点をタイの知人に、また時にチラナン本人に問い合わせた。協力してくれたタイ人の友人たちに深く感謝したい。四方田の発案によるこの翻訳製作法は、エズラ・パウンドがフェノロサの遺稿ノートをもとに、李白や白楽天、また日本の謡曲を英語に翻訳したことに想を得たものである。

詩集『消えてしまった葉』に収録されている詩はときに民謡調であったり、散文調であったり、また自由詩の形式をとっていたりするが、本来的にはタイ詩の伝統である韻律法に従って書かれている。「グローン・ペット」（八音節詩）と呼ばれるその詩法では、八音節からなる句が四行集まって、一連を構成している。一篇の詩は一般的には、五連までで成立している。もちろんこの規則に対し意図的になされた破格が、ときとして詩的感興を催すことがあることはいうまでもない。

音律に関していえば、一行目の最終音が二行目の第三音において反復され、二行目の最終音が三行目の最終音ならびに四行目の第三音において反復されるという規則がある。さらに四行目の最終音は連を飛び越え、次の連の二行目最終音において反復されなければならない。ひとたび声に出して読んでみると、岸辺にさざ波が寄せるがごとく、詩の内側に快いリズムが隠されていることがわかる。もっとも翻訳ではこうした微妙な内的構造を再現することがかなわなかったのを、残念であるがここに記しておきたい。

チラナンは日本語版詩集の制作に関して、快く協力を申し出てくれた。詩集の翻訳に関しては印税はいらない、細かなところに拘泥して作業を停止してしまうより、詩の全体の意味を大きくつかんで、ためらわずに訳してほしいと希望を語った。彼女の助言と厚意があってこそ、この翻訳が実現されたことを、ここに記しておきたく思う。

訳詩集の刊行に際しては、港の人の上野勇治氏の御尽力に感謝したい。

チラナン・ピットプリーチャー
1955年、タイ南部トラン県に生まれる。チュラーロンコーン大学に進み、女子大生としての最高の栄誉である「チュラー大の星」に選ばれる。学生運動の指導者セークサン・プラセタークンとともに、白色テロを避けて国外に逃亡。ラオス国境で武装訓練を受けた後、1975年からタイ、パヤオ県を拠点として武装闘争に入る。1980年に投降。処罰なし。コーネル大学に留学。帰国して1989年、詩集『消えてしまった葉』を刊行。東南アジア文学賞を受け、ベストセラーとなる。以後、バンコクのメディアのなかで活躍。映画字幕から展覧会企画までに関わり、回想記、旅行記を精力的に執筆。仏教研鑽と環境保護運動に従事。2010年には「現代タイ社会で影響力をもつ100人の女性」に選ばれる。

四方田犬彦（よもた・いぬひこ）
1953年、大阪に生まれる。東京大学で宗教学を、同大学院で比較文学を学ぶ。長らく明治学院大学教授として映画史の教鞭をとり、現在は文筆業に専念。東南アジア関係の著作としては『アジア映画の大衆的想像力』『怪奇映画天国アジア』『アジア全方位』がある。詩集に『人生の乞食』『わが煉獄』が、翻訳に『パゾリーニ詩集』がある。サントリー文学賞、桑原武夫学芸賞、芸術選奨などを受賞。

櫻田智恵（さくらだ・ちえ）
1986年、青森に生まれる。専門はタイ研究、歴史学（現代政治史）。上智大学大学院グローバル・スタディーズ研究科博士前期課程修了、京都大学大学院アジア・アフリカ地域研究研究科博士課程を指導認定退学。現在、同研究科特任研究員。2007年にチェンマイ大学、2012から2014年にチュラーロンコーン大学に留学。著書に『タイ国王を支えた人々：プーミポン国王の行幸と映画を巡る奮闘記』、論文に「プーミポン前国王による初期行幸と奉迎方法の確立：「一君万民」の政治空間の創出」など。

消えてしまった葉　ใบไม้ที่หายไป

2018年2月20日初版発行

著　者　チラナン・ピットプリーチャー
訳　者　四方田犬彦　櫻田智恵
装　幀　加藤光太郎
発行者　上野勇治
発　行　港の人
神奈川県鎌倉市由比ガ浜3-11-49　〒248-0014
電話　0467-60-1374
ファックス　0467-60-1375
印刷製本　シナノ印刷

ISBN978-4-89629-344-9